B. LEBRETON & JEAN DUROC

L'HOTEL

DE

NOBLEPANNE

Vaudeville-opérette en un Acte

MUSIQUE DE HENRI NEUZILLET

PARIS

C. JOUBERT, Éditeur, 25. rue d'Hauteville.

Répertoire de la Société des Auteurs Dramatiques.

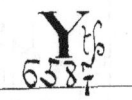

C. JOUBERT, Éditeur de Musique

PARIS. — 25, Rue d'Hauteville, 25. — PARIS

RÉPERTOIRE

DES OPÉRAS, OPÉRAS-COMIQUES ET OPÉRETTES

ABRÉVIATIONS : T. Veut dire : Du répertoire de la Société des Auteurs dramatiques; le surplus étant du répertoire de la Société des Auteurs, Compositeurs et Éditeurs de Musique.
LOC. Veut dire : N'existe qu'en location.

Opéras, Opéras-Comiques et Opérettes en plusieurs Actes.

A. Godard...	Amour qui passa (L') (3 actes) T. partition loc.	Pedrotti	Masques (Les) T. ... partition net 15 »
E. Missa...	Belle Sophie (La) (3 actes) T.. id. net 12 »	H. Boullard..	Niniche (3 actes) T... id. net 8 »
H. Litolff...	Boîte de Pandore (La) (3 actes) T. id. net 15 »	Deflès...	Noces de Fernande (Les) (3 a) T. id. net 15 »
R. Planquette..	Cantinière (La) (3 actes) T.. id. net 12 »	Hervé...	Œil crevé (L') (3 actes) T. ... id. loc.
R. Planquette..	Cloches de Corneville (les) 3 a. T id. net 15 »	J. Clérice...	Pavie (3 actes) T... id. net 12 »
Verdi...	Croisé en Egypte (Le) (3 actes) T id. loc.	Haackmann...	Petit Moujik (Le) (3 actes) T.. id. net 12 »
Verdi...	Deux Foscari (Les) (3 actes) T. id. loc.	Poniatowski..	Pierre de Médicis (4 actes) T... id. net 20 »
Marenco...	Diable au corps (Le) (3 actes) T.. id. net 15 »	Ch. Grisart...	Poupées de l'Infante (Les) (3 a.) T id. n t 15 »
De Wenzel...	Elève du Conservatoire (L') (3 a) T id. net 12 »	Auber...	Premier jour de bonheur (Le)
H. Litolff...	Escadron volant de la Reine (L') (3 actes) T id. net 15 »		(3 act s) T... id. net 15 »
L. Vasseur...	Famille Vénus (La) (3 a.) T... id. net 12 »	E. Missa...	Princesse Nangara (La) (3 a.) T id. loc.
Suppé...	Fatinitza T... id. loc.	Auber...	Rêve d'Amour (3 actes) T... id. net 15 »
H. Litolff...	Fiancée du Roi de Garbe (La) (4 actes) T id. net 15 »	Boullard, Hervé et Lecocq..	Roussotte (La) (3 actes) T... id. net 10 »
A. Louis...	Goguette (La) (3 actes) T... id. loc.		
J. Clérice...	Hardi les Bleus T... id. net 10 »	R. Planquette..	Surcouf (3 actes) T... id. net 12 »
H. Litolff...	Héloïse et Abélard (3 actes) T.. id. net 15 »	R. Planquette..	Talisman (3 actes) T... id. net 15 »
Verdi...	Jérusalem T... id. loc.	Ricci...	Une folie à Rome (4 actes) T... id. net 20 »
L. Vasseur...	Mam'zelle Crénom (3 actes) T.. id. net 12 »	R. Planquette..	Voltigeurs de la 32e (Les) (3 a.) T. id. net 12 »

Opéras-Comiques en un Acte

AUTEURS	TITRES DES ŒUVRES	Hommes	Femmes	Prix nets	AUTEURS	TITRES DES ŒUVRES	Hommes	Femmes	Prix nets
H. Salomon	Aumônier du Régiment (L') T.	3	1	10 »	A. Turquet.	Monsieur Pulcinella T. ..	2	2	6 »
Samuel David.	Bien d'Autrui (Le) T.	2	1	8 »	P. Henrion.	Moulin de Javelle (Le) T.	2	1	6 »
L. Deflès.	Bourguignonnes (Les) T.	2	1	7 »	R. Planquette.	Paille d'Avoine T. ...	2	1	6 »
D. Bernicat.	Cadets de Gascogne (Les)..	troupe	»	7 »	Th. Dubois..	Pain bis (Le) T...	troupe	»	8 »
L. Deflès.	Café du Roi (Le) T.	1	2	7 »	De Ste-Croix.	Rendez-vous galants (Les) T.	troupe	»	10 »
De Ste-Croix.	Chanson du Printemps (La) T.	4	2	7 »	E. Boussigol	Sabre enchanté (Le) T. ..	3	1	6 »
R Planquette.	Chevalier Gaston (Le) T.	2	1	8 »	De Mortarieu.	Saint-Nicolas (La).	1	1	8 »
Ch. Grisart.	Memnon T.	troupe	»	6 »	Desgranges.	Vieux Sorcier (Le) T. ...	troupe	»	8 »

Opérettes de Théâtre et de Concert

De Campisiano.	Absalon.	1	3	6 »	C Rosenquest..	Chicard et Bébé.	1	1	4 »
F. Bernicat.	Agence Rabourdin (L').	1	1	5 »	Bonnier.	Chien et Chat T.	4	1	5 »
G. Street.	Amour en livrée (L').	3	1	5 »	Villebichot.	Cirque Ponger's (Le).	troupe	»	6 »
Desormes.	Amour et l'appétit (L').	1	1	4 »	L. Collin.	Coco Bel-Œil.	3	1	6 »
Ch. Lecocq.	Amour et son Carquois (L') T.	2	13	8 »	A. Petit.	Cocotte et chiffonnier.	1	1	5 »
A. Petit.	Amoureux d'Yvonne (Les) T	5	3	loc.	Villemer				
V. Roger.	Amour Quinze-Vingt (L').	3	1	loc.	Delormel	Colosses de Rhodes (Le)	3	»	4 »
Desormes.	Antoine et Cléopâtre.	1	2	4 »	Péricaud				
J. Emmecé.	A qui le gosse? T.	troupe	»	loc.	A. Petit.	Confection pour dames.	2	4	5 »
M. Chautagne.	Arracheuse de dents (L').	2	1	»	Lebreton-Moreau..	Conscrits bretons (Les) T.	7	5	loc.
Géraldy.	Ascension du Mont-Blanc (L').	1	1	4 »	L. Collin.	Conscrit tyrolien (Le)	1	1	3 »
Banès.	Au Coq huppé.	3	2	5 »	ebreton-Moreau.	Cote et Cocottes.	4	4	3 »
Lebreton-Moreau.	Au temps des cerises.	5	3	loc	De Roze et d'Arsay	Culotte du marié (scène) (La).	»	1	0 50
Guérincan.	Auteur par amour.	2	1	5 »	Lebreton-Moreau.	Dans cent ans T.	2	11	loc.
Lebreton-Moreau.	Autour d'une guérite T.	3	2	loc.	ourilas.	Dégralée T.	3	3	5 »
Moreau.	Avant le bal.	1	1	3 »	L. Lefèvre.	Dernier verre (Le).	2	1	4 »
Deransart.	Baigneur et nageuse.	1	1	3 »	F Barbier.	Deux amours de chandeliers.	1	1	5 »
Leserre.	Baisez cocotte.	3	1	3 »	F. Matz.	Deux avares (Les) T.	2	1	8 »
Offenbach.	Barbe-Bleue.	2	»	2 »	Ch. Hubans.	Deux coqs vivaient en paix.	2	1	6 »
Wachs.	Ba-ta-Clan T.	troupe	»	loc	F Gracia.	Deux estafiers (Les).	2	»	2 »
	Bibi ou l'enfant de l'Amour.	1	1	4 »	M. Chautagne.	Deux muses (Les)	2	»	4 »
Moreau-Gramet.	Bougnol et Bougnol	4	2	loc.	F. Barbier.	Deux parfaits notaires (Les)	3	»	4 »
Villebichot.	Boum ! Servez chaud.	3	2	»	Hervé-Lecocq.	Deux portières pour un cordon T	2	»	4 »
Hubans.	Breland de bègues.	2	1	5 »	Moreau-Boucherat.	Diable au Moulin.	5	8	loc.
Banès.	Cadiguette (La).	1	1	5 »	Divers.	Doubles Vierges (Les) T	troupe	»	loc.
Javelot.	Calino amoureux.	2	1	3 »	Sourilas.	Drapeau jaune (Le) T.	3	2	4 »
Cellot.	Canne d'un grand homme (La) T	2	2	loc.	J. Domerc.	École buissonnière (L').	3	3	»
V. Herpin.	Capricorne (Le).	troupe	»	loc.	Ed. Lhuillier.	Elle débute ce soir.	1	1	4 »
F. Barbier.	Carmagnole (La).	9	»	5 »	Delaruelle.	El senor Piffardino.	1	1	6 »
Lebreton-Moreau.	Carnaval conjugal (Le) T.	9	3	loc.	Marsay.	En colonne T.	troupe	»	loc.
Chelu.	Chambre à louer.	1	1	5	Lebreton-Moreau.	Enfant des halles (L') T.	3	2	loc.
Moreau.	Chambre de bonne T.	troupe	»	loc.	Villebichot.	Entre deux jardins.	1	1	4 »
R. Planquette.	Champignolette T.	troupe	»	loc.	Lebreton-Duroc	Entresol d'Eugène T.	4	6	loc.
V. Roger.	Chanson des Ecus (La).	3	1	4 »	Banès.	Escargot (L').	2	3	6 »
P. Henrion.	Chant-use par amour (La) T	»	1	6 »	D. Dihau.	Eternel roman (L').	1	1	4 »
E. André.	Chaos (Le).	1	1	4 »	F. Beauvallet.	Faites le jeu, Messieurs (Le) T.	»	»	loc.
Lebreton-Moreau.	Chasseurs Alpins (Les) T.	6	6	loc.	Lebreton-Moreau.	Farces du Printemps (Les) T.	7	4	loc.
Cueutat.	Chasse Suzanne (La) T.	troupe	»	4 »	St-Agnan Choler	Faut du prestige (vaud.) T.	»	»	loc.
Meynard.	Chez le dentiste.	3	1	5	Lebreton-Duroc	Faut que j'casse la g. à Baptiste T	4	3	loc.
Lhuillier.	Chez les Corniquets.	1	1	»	Ch. Gabet.	Femme de Valentino (La) (v.) T.	»	»	loc.

L'HOTEL DE NOBLEPANNE

B. LEBRETON & JEAN DUROC

L'HOTEL

DE

NOBLEPANNE

Vaudeville-opérette en un Acte

MUSIQUE DE HENRI NEUZILLET

PARIS

C. JOUBERT, Éditeur, 25, rue d'Hauteville.

Répertoire de la Société des Auteurs Dramatiques.

L'HOTEL

DE

NOBLEPANNE

Vaudeville-opérette en un Acte

Paroles de B. LEBRETON et Jean DUROC

Musique de Henri NEUZILLET

PERSONNAGES

A l'Européen.

LE MARQUIS DE NOBLEPANNE, 60 ans.	MM. DELORT.
LE COMTE TIMOLÉON DE VAURISSOLÉ.	MONTPREUX.
DAGOBERT LECOMTE.	LEGRAS.
FIRMIN, valet de chambre.	GARNIER.
LA MARQUISE DE NOBLEPANNE, 50 ans.	Mᵐᵉˢ GASPARD.
SABINETTE, sa fille.	EDMÉE GUY.
CÉCILE, femme de chambre.	VIOLETTI.
AGLAÉ.	C. DORMÈS.

A Paris de nos jours au faubourg St-Germain.

La scène représente une chambre à coucher vieux style. A gauche : 1ᵉʳ plan chambre de la marquise — 2 plan, cabinet du marquis — Au fond : lit avec grands rideaux — A droite : 1ᵉʳ plan, porte d'entrée — 2ᵉ plan, fenêtre avec grands rideaux — Sur le devant de la scène, un peu à gauche, un canapé — Fauteuils dans les panneaux.

SCÈNE I

Firmin, Cécile.

(Au lever du rideau, Firmin époussette le canapé et Cécile les rideaux de la fenêtre).

Fauteuils et rideaux
A coups de plumeaux
Vite, vite, vite,
  Epoussetons
Et nettoyons,
Et nettoyons !   } *bis.*

FIRMIN, allant épousseter les fauteuils.

Sièges fanés, antiques,
Aux ressorts anémiques,
Où tant d'nobles croupions
Ont fait maintes stations
Secouez vot' poussière
Néfaste et séculaire !

Vite époussetons,
Vite nettoyons,
  Epoussetons,
  Nettoyons !

CÉCILE, allant épousseter les rideaux du lit.

Vénérables tapiss'ries
Aux frang's usé's, moisies
Dont les plis ont voilé
Plus d'un mystèr' salé
Il faut de votr'poussière
Aujourd'hui vous extraire !
Vite époussetons,
Vite nettoyons,
  Epoussetons,
  Nettoyons !

ENSEMBLE

Fauteuils et rideaux......

(2) CÉCILE, descendant, à Firmin.

Eh bien, c'est donc vrai, ils ont enfin déniché un gendre.

(1) FIRMIN, mettant son plumeau (sous son bras).

Paraît, mamselle Cécile... j'ai lu cela dans le courrier de ce matin...

CÉCILE

Ce n'est pas dommage... Car depuis le temps qu'on le cherche, mademoiselle Sabinette commence à monter en graîne...

FIRMIN, s'asseyant sur le canapé.

Que voulez-vous ?... les femmes c'est comme les asperges...

CÉCILE, s'asseyant près de lui.

Oui... il leur faut du soleil et de la rosée !

FIRMIN

Et dame ! aujourd'hui... on a beau être marquise...

CÉCILE

Quand on n'a pas de coupons à détacher...

FIRMIN

On ne décroche pas souvent la timbale !
(il la chatouille).

CÉCILE, se levant vivement.

Mais, voulez-vous bien finir !... Enfin, paraît que cette fois, elle l'est pour de bon...

FIRMIN, se levant.

Qui ça... Mademoiselle ?

CÉCILE

Mais non... la timbale !

FIRMIN, passant à droite.

Ah oui... même que le futur arrive aujourd'hui à 2 heures... c'est pour lui que nous nettoyons la chambre du commandeur !

(1) CÉCILE

Et vous savez qui c'est le prétendu ?

(2) FIRMIN, se rengorgeant.

Parbleu !... Est-ce que, moi, je ne sais pas tout ? C'est un gentilhomme... un comte.

CÉCILE

Mazette !

FIRMIN

Oh ! un comte de la campagne.. une espèce de paysan blasonné.

CÉCILE

Et renté ?

FIRMIN

Un vrai coffre-fort !... On l'envoie à Paris, sous le prétexte de le dégourdir... et M. le Marquis lui offre de l'hospitalité dans son hôtel de la rue de Varenne...

CÉCILE

Oh ! son hôtel !... Est-il louphoque avec son hôtel.. jusqu'à laisser sur la porte l'écu de ses ancêtres...

FIRMIN, haussant les épaules.

Avec ces mots peints en jaune « Hôtel de Noblepanne » !

CÉCILE

Si ça ne vous met pas en moiteur... Naturellement, ou exhibe fillette...

FIRMIN, riant.

Et si le coq veut chanter...

CÉCILE, riant.

On lui laissera faire la poule en cinq secs !

FIRMIN, s'approchant d'elle.

Vrai, mamselle Cécile, il y a des gens qui ont trop de veine !

CÉCILE

Vous trouvez ?

FIRMIN

Dame ! leur pain est tout cuit d'avance... tandis qu'il y en d'autres qui crèvent d'amour sans savoir si jamais... (Il lui prend la taille.)

CÉCILE, se dégageant.

M'sieur Firmin, je vous l'ai déjà dit... quand vous aurez trouvé le passe-partout de mon cœur...

FIRMIN

Eh bien ?

CÉCILE

Eh bien... ce jour-là il s'ouvrira à deux battants !

(La 2e porte à gauche s'ouvre).

FIRMIN

Oh !... le singe ! (Ils se remettent à épousseter).

SCÈNE II

LES MÊMES, **Le Marquis.**

LE MARQUIS, entrant 2e porte à gauche en robe de chambre.

Ah ! vous êtes en train d'arranger la chambre du commandeur !... Très bien, très bien, mes enfants... nettoyez à fond... je ne veux plus voir une toile d'araignée...

(Il examine les tentures du lit).

CÉCILE, bas à Firmin.

Pourtant, celles qu'il a dans le plafond...

FIRMIN, faisant semblant d'épousseter le crâne du marquis.

Oh ! pour ça... faudrait un rude plumeau !

(2) LE MARQUIS, à Cécile.

Cécile, mon enfant, Mme la Marquise vous attend dans son cabinet de toilette... quant à vous, Firmin, restez, j'ai à vous parler.

(1) CÉCILE

Bien, je vais donner à madame un petit coup de main pour son maquillage... vous savez... pour ses pattes-d'oie ! (Elle sort 1re porte à gauche.)

SCENE III

Le Marquis, Firmin.

(1) LE MARQUIS, vexé.

Oh ! Ses pattes-d'oie ! (à Firmin et s'asseyant sur le canapé). Approchez, Firmin, j'ai une confidence à vous faire...

(2) FIRMIN, s'asseyant sur le canapé.

Défilez votre chapelet... je vous écoute !
(Il se carre en se croisant les jambes).

LE MARQUIS, prenant une prise.

Vous savez, Firmin, que je n'ai pas de secrets pour vous...

FIRMIN, prenant une prise dans la tabatière du marquis

Après vous !.. Ah ! je voudrais bien voir ça... des secrets, pour un homme qui vous a sauvé la vie ! (Il se bourre bruyamment le nez.)

LE MARQUIS, fermant sa tabatière

Oui... oui... je n'ai pas oublié...

FIRMIN

Parbleu ! sans moi, il y a deux ans, vous et votre bonne amie Aglaé...

LE MARQUIS, se levant brusquement.

Taisez-vous, malheureux, taisez-vous !.. Si la marquise vous entendait !..

FIRMIN

Oh ! Elle est en train de se badigeonner la trompette, votre marquise !... Allons, ne vous faites pas de bile et asseyez-vous (Le marquis se rassied). Je vous disais donc que sans moi, vous et votre horizontale, vous auriez bu un beau bouillon...

LE MARQUIS, nerveux.

Oui.. oui... le jour de cette malencontreuse partie de canot...

FIRMIN

Où je manœuvrais si bien le gouvernail.. et vous si bêtement l'aviron.

LE MARQUIS

C'était la faute d'Aglaé..

FIRMIN, riant.

Ah oui.. elle vous chatouillait le derrière de l'oreille !

LE MARQUIS

Et moi, quand on me chatouille...

FIRMIN

Ça vous fait perdre le peu qui vous reste de ciboulot !.. faut croire que ce jour-là ça vous a fait un rude effet; car d'un coup d'aviron, vous nous avez tous envoyés baigner...

LE MARQUIS, se levant.

Dans la Marne !

FIRMIN, se levant.

Et, sans moi, vous et votre Aglaé, vous finissiez votre chatouille... dans le lit de la rivière !.. Mais ce n'est pas tout ça.. et votre petite confidence ?

LE MARQUIS, ouvrant sa tabatière et s'apprêtant à prendre une prise.

Je vous disais donc, Firmin...

FIRMIN, puisant dans la tabatière.

Merci bien !

FIRMIN, vexé, remettant sa tabatière dans sa poche (A part).

Oh ! est-il familier, cet animal-là ! (Haut.) J'ai une grande nouvelle à vous annoncer... Je crois que nous allons marier notre fille...

FIRMIN, se bourrant bruyamment le nez.

Et notre gendre s'appelle ?

LE MARQUIS

Le comte de Vaurissolé...

FIRMIN

Hum!.. noblesse de casserole !

LE MARQUIS

C'est un gentilhomme campagnard... 800.000 livres de biens au soleil !

FIRMIN

Et vous croyez que ça prendra ?

LE MARQUIS

Pourquoi pas ?... Sabinette notre fille est jolie...

FIRMIN

Oui... mais un fichu genre !

LE MARQUIS

Que voulez-vous, Firmin ? Je l'ai pourtant fait élever dans le meilleur couvent de Paris... le couvent des Rossignols...

FIRMIN

Pas possible !... moi j'en connais qui ont gardé les coch...

LE MARQUIS, vivement.

Firmin !

FIRMIN

Enfin, si ça colle, tant mieux !... car, c'est pas pour dire, on la bat dans les grands prix la dèche à l'Hôtel trop bien nommé de Noble-panne !...

LE MARQUIS

Que voulez-vous, Firmin... des spécula-tions malheureuses...

FIRMIN

Et puis surtout les dents d'Aglaé .. un fa-meux rongeur... Ah ! ce que je regrette d'avoir repêchée celle-là !... car, à votre âge, c'est vraiment répugnant...

LE MARQUIS, très digne.

Je crois, môssieur Firmin, que vous vous oubliez...

FIRMIN

Ah ! mais dites donc, en voilà des maniè-res... avec un homme qui vous a sauvé la vie... Si la marquise savait !...

LE MARQUIS, lui prenant le bras.

Excusez-moi, mon ami...

FIRMIN, s'emballant.

Avec un homme qui vous a repêché dans la M...

LE MARQUIS, vivement.

C'est vrai... j'ai été un peu vif !... Mais, je traite le comte ce soir... voulez-vous, mon bon Firmin, avoir l'obligeance d'aller donner des ordres à la cuisine...

FIRMIN

Ah ! il dîne ici le Vaurôti ?

LE MARQUIS

Rissolé, Firmin, Rissolé !

FIRMIN

Très bien... Alors je vais commander une petite tête de veau à la vinaigrette. Ça le flattera, cette attention ! (Il sort porte à droite)

SCÈNE IV

Le Marquis, *puis* **la Marquise.**

LE MARQUIS (le suivant en lui montrant le poing).

Gredin ! chenapan !... Quelle humiliation de se voir ainsi traiter par un méchant lar-bin ! (Se promenant avec agitation). Tout cela parce qu'il m'a repêché dans la Marne !... Et encore, est-ce bien sûr ?... car j'ai pris dans ma jeunesse une leçon de natation aux bains Henri IV, moi !... Oh ! Si je pouvais, à mon tour te la sauver, avec quelle volupté, sale maroufle, je te flanquerais à la porte !

(2) LA MARQUISE, (entrant 1re porte à gauche toilette prétentieuse)

Comment, Narcisse... pas encore habillé !...

(1) LE MARQUIS

Soyez sans crainte, Pulchérie.. en 2 temps et 3 mouvements je serai paré pour le rece-voir, ce gendre de nos rêves !

LA MARQUISE

Pourvu que fifille lui plaise !

LE MARQUIS

Marquise, quand on a vu notre fille... on en pince pour Sabinette.. N'est-elle pas le por-trait vivant de son adorable maman ? (Il lui baise la main).

(2) LA MARQUISE, minaudant.

Oh ! marquis, vous serez donc toujours talon rouge ! (A part) Vieux coureur va, toutes les femmes lui sont bonnes... même la sienne !

LE MARQUIS, lui prenant la main.

Que veux-tu, ma bobonne,
Quand je vois ton minois
Je sens, Dieu me pardonne !
Que je n'suis pas de bois.
Te souviens-tu, mignonne (Il la prend par la taille).
Des mille et une nuits
Où c'est l'amour qui sonne   } **bis.**
Les douz' coups de minuit ?   }

LA MARQUISE, s'appuyant sur son épaule.

Je me souviens, Narcisse,
Lorsque venait le jour,
Quel bonheur, quel délice
De se dire bonjour !
Nous vivions dans un rêve
Bercés par Cupidon ;
Et nos deux cœurs sans trêve, } bis.
Dansait le rigodon !

(Ils s'embrassent).

SCÈNE V

LES MÊMES, **Sabinette**

(2) SABINETTE, entrant, 1ʳᵉ porte à gauche. Elle est en peignoir

Je vous dérange ? (Éclatant de rire) Ah ! ah ! ah !.. eh bien, vous êtes malades ?

(1) LE MARQUIS

Fillette... c'est ta mère...

(3) LA MARQUISE, se dégageant des bras du marquis.

Ma fille... c'est ton père...

SABINETTE, toujours riant aux éclats.

On se bécotait !.. Ah ! ah ! ah !.. et moi qui croyais qu'après la lune de miel... pfitt ! (Elle fait le geste) rasés les amours !

LE MARQUIS, gêné.

Evidemment, évidemment...

SABINETTE

Alors quoi ? on réchauffait ses vieux rhumatismes ?

LA MARQUISE

Nous causions du passé. .

SABINETTE

Ah oui... vous feuilletez le calendrier des souvenirs !

LA MARQUISE

C'était, mignonne, à cause de toi... .

SABINETTE

Ah ! bah !

LA MARQUISE, la prenant par la main.

Sabinette,. le grand jour est venu...

SABINETTE

Le jour du Derby ?.. J'ai mis mon dernier louis sur Vadrouille II.

LE MARQUIS, lui prenant l'autre main.

Mais non... le jour où ton cher petit cœur...

LA MARQUISE

Va battre enfin...

SABINETTE

Il va faire toctoc !

LE MARQUIS

Tes yeux vont s'entr'ouvrir...

LA MARQUISE

Aux divines phosphorescences de l'aurore conjugale.

SABINETTE, se dégageant et passant nº 1.

Ah ! en voilà des frais de salive !... tout ça pour me dire que vous m'avez enfin décroché un prétendant !... Eh bien, vous savez, il était temps !... vous ne sauriez vous faire une idée de ce que c'est fadasse la fleur d'oranger !... et il s'appelle, ce prince charmant ?

(2) LE MARQUIS

Le comte de Vaurissolé...

(1) SABINETTE

Avec beaucoup de braise autour ?

(3) LA MARQUISE

Oh ! ma fille !

SABINETTE

Il a le sac, quoi ?

LE MARQUIS

Sabinette !

SABINETTE

En voilà des chichis ?... Combien de balles à la clef ?

LE MARQUIS

Huit cent mille !

SABINETTE

Oh ! chouette ! (elle chahute en fredonnant « Taramaboum di éh ! la vertu j'lai dans l'nez).

LA MARQUISE

Ma fille, tu nous navres !... ah ! ce n'était pas la peine de te faire élever au couvent des Rossignols...

LE MARQUIS

Pour nous chanter de pareilles ordures !

SABINETTE

Eh bien quoi ?... Les rossignols, c'est fait pour chanter !... Et il arrive quand, le... gigolo ?

LA MARQUISE, scandalisée.

Oh ! Sabinette !

LE MARQUIS

Il arrive par le train de deux heures.

SABINETTE

Ah ! c'est un rural ?

LE MARQUIS

Oui... un gentilhomme campagnard...

SABINETTE

Mince !... je me charge de le dégourdir !

LA MARQUISE

Attends pour cela qu'il soit ton mari... Et maintenant, ma fille, il s'agit de te faire belle... viens avec moi dans mon cabinet de toilette... (Elle sort 1ʳᵉ porte à gauche.)

SABINETTE

Je te suis, maman... Dis donc, tu me prê- teras ton bâton de rouge pour les lèvres ! (Elle va vers la 1ʳᵉ porte à gauche).

LE MARQUIS, levant les bras au ciel.

Quelle enfant, mon Dieu !... Ah mon pau- vre gendre en verra de grises !

SABINETTE, se retournant.

De jaunes, tu veux dire, petit papa chéri ! (Elle sort 1ʳᵉ porte à gauche en lui envoyant un pied de nez).

SCÈNE VI

Le Marquis, Firmin, *puis* le comte Timoléon de Vaurissolé.

LE MARQUIS, suffoqué.

Oh !... Eh bien, elle est complète l'éduca- tion « Des Oiseaux » !... Mais, sapristi ! l'heure galope !... juste le temps de me faire la barbe !... Pourvu que cette affaire ne nous claque pas dans les doigts, grand Dieu !... le boulanger s'impatiente, le boucher menace de nous boucher l'œil.. l'hôtel de ma famille hypothéqué de la cave au grenier !... Noble- panne, mes aïeux, quelle purée, quelle purée ! (Il va vers la 2ᵉ porte à gauche).

FIRMIN, entrant porte à droite.

M. le marquis ! M. le marquis !

LE MARQUIS

Je n'ai pas le temps, je n'ai pas le temps ! (Il sort 2ᵉ porte à gauche).

FIRMIN, haussant les épaules.

Vieux croûton, va ! (Descendant.) Quelle gui- gne !... Une tête de veau, ce n'est pourtant pas un plat épatant !. eh bien, le boucher n'a voulu me donner que les oreilles et les ba- joues... Après tout, avec beaucoup de persil et une bonne sauce ravigote !. Pourvu que ce mariage ne rate pas, bon sort !. car j'ai trois années de gages arriérés à faire ren- trer.. J'ai bien un peu gratté sur le chapitre Aglaé mais.. (Sonnette.) Tiens, serait-ce déjà le godelureau, (Allant ouvrir la porte à droite.) le veau d'or attendu ?

TIMOLÉON, entrant à droite, tenue de voyage correcte, une valise à la main.

M. le marquis de Noblepanne reçoit-il ?

FIRMIN, à part.

C'est lui ! (Avec force saluts.) Donnez-vous donc la peine d'entrer, M. le comte.

(1) TIMOLÉON, passant à gauche.

Ah ! vous saviez ?.. on m'attendait ?

(2) FIRMIN

Comme le Messie !

TIMOLÉON

Ah bah ! (Il le regarde fixement.)

FIRMIN, faisant des grâces, et se lissant les cheveux.

Mais oui !

TIMOLÉON

Dites donc, vous, vous me faites l'effet d'avoir une bonne coquille..

FIRMIN

C'est ce que me dit mon coiffeur, chaque fois qu'il me coupe les cheveux !

TIMOLÉON

On peut avoir confiance en vous ?

FIRMIN

Dame !.. M. le comte... cela dépend des circonstances...

TIMOLÉON

Naturellement... eh bien, en attendant, prenez toujours cela.. (Il lui donne un louis.)

FIRMIN, s'inclinant.

Les circonstances seront favorables... je crois !

TIMOLÉON

Ah ! tant mieux ! (Lui donnant sa valise.) Tenez, débarrassez-moi.. et maintenant, écoutez-moi.. voici la chose... J'habite la campagne..

FIRMIN

Oui... le château de la Mare-aux-Vaches !

TIMOLÉON

Décidément, vous savez tout !.. Mon père, le marquis de Vaurissolé, sous prétexte de me dégourdir — (haussant les épaules.) comme si j'en avais besoin ! — m'envoie passer une quinzaine chez le parent d'un de ses amis, chez le marquis de Vaurissolé...

FIRMIN, après avoir plusieurs fois changé la valise de main, la pose à terre.

Mon estimable patron !

TIMOLÉON

Descendre chez cet antédiluvien, vous comprenez, moi, ça ne me botte qu'à moitié...

FIRMIN

Je comprends ça. (A part.) Pourvu qu'il ne nous lâche pas, bon Dieu ! (Haut.) Mais quand M. le comte aura vu mademoiselle Sabinette.

TIMOLÉON

Oui... paraît qu'on voudrait me la coller...

FIRMIN

Je certifie à M. le comte qu'elle vaut le collage...

TIMOLÉON

Possible... il paraît qu'elle est charmante.. seulement, vous comprenez, moi, qui en ai toujours été réduit aux bergères.. aux chambrières... aux laitières...

FIRMIN

De la Mare-aux-Vaches !

TIMOLÉON

Je ne serais pas fâché, avant le collage légal, de tâter un peu...

FIRMIN, riant.

Oui, oui, du collage à la détrempe... à l'heure et à la course.

TIMOLÉON

Parfaitement !.. Et pour cela, je compte sur vous.

FIRMIN

Je l'ai déjà dit à M. le Comte... cela dépend des circonstances...

TIMOLÉON, souriant et lui donnant un louis.

Sonnantes...

FIRMIN, faisant sauter les 2 louis qu'il tient dans la main.

Et trébuchantes !.. Je suis aux ordres de Monsieur.

TIMOLÉON, lui prenant le bras.

Eh bien, mon ami... mon ami ?

FIRMIN

Firmin, pour vous servir...

TIMOLÉON

Eh bien, mon ami Firmin, vous allez fourrer ma valise dans un coin, et vous direz au marquis... au fait que pourrez-vous bien lui dire ?

FIRMIN, reprenant la valise.

Je lui dirai que... le train par lequel M. le Comte devait arriver... a déraillé...

TIMOLÉON, riant.

Oui, c'est ça... et que par conséquent...

FIRMIN

M. le Comte n'arrivera que par le train du soir !

TIMOLÉON

Très chic !.. c'est entendu, je n'arrive que ce soir... et, en attendant, je vais me dérouiller un peu .. (Il passe à droite.)

FIRMIN

Les jambes sur le boulevard !... Allons, bonne promenade, M. le Comte !

TIMOLÉON, lui donnant une poignée de mains.

A tantôt l'ami Firmin, à tantôt ! (Il sort porte à droite reconduit par Firmin.)

SCÈNE VII

Firmin, Cécile *puis* **le Marquis.**

FIRMIN, allant porter la valise sous le lit.

C'est ça.. va jeter tes gourmes... Ce n'est pas moi qui éventerai la mèche ! (Redescendant) 40 balles en 5 minutes... Ce n'est pas un gendre... c'est une mine d'or !

(1) CÉCILE, entrant 1ʳᵉ porte à gauche.

Enfin, c'est fini... j'en ai cassé trois lacets..

(2) FIRMIN

Trois lacets ?

CÉCILE

Mais oui, mademoiselle voulait absolument arriver à 45 centimètres de tour de taille...

FIRMIN

Mazette ! Ce n'est plus un tour de taille... c'est un tour de force !

CÉCILE

Toujours chineur, ce M. Firmin !

FIRMIN

Dame ! Mademoiselle Cécile, tout le monde n'a pas votre chic, votre grâce, vos appas ! (Il lui pince la taille).

CÉCILE se dégageant et passant nº 2.

Voulez-vous un reçu ?.. Voilà cinquante fois que vous me servez le boniment...

FIRMIN

Et je vous le reservirai jusqu'au jour où vous consentirez...

LE MARQUIS, sur le seuil de la 2ᵉ porte à gauche — Il a une serviette autour du cou.

Firmin, Firmin, mon rasoir est ébrèché !

FIRMIN les mains dans les poches

Ça ne m'épate pas, M. le marquis a le poil si dur !

LE MARQUIS

Venez m'aider, Firmin... je n'en sortirai pas !

FIRMIN

C'est bon ! tout à l'heure... quand j'aurai fini de causer...

LE MARQUIS vexé.

M. Firmin, quand je donne un ordre...

FIRMIN

M. le marquis s'oublie... parler ainsi à un homme qui l'a repêché dans la M...

LE MARQUIS, vivement.

Mon bon Firmin, je vous prie de venir ! (furieux à part) sale cuistre va ! (Il referme la porte en lui montrant le poing).

CÉCILE, à Firmin

Allez-y donc, Firmin.

FIRMIN

Au fait, il me rase, assez souvent ce vieux-là...

CÉCILE, riant.

Pour qu'une fois en passant, vous lui rendiez la pareille !

FIRMIN

C'est juste !... on y va, on y va !... Vieux mannequin, vieille tête de pipe ! (Il sort 2ᵉ porte à gauche en bougonnant).

SCÈNE VIII

Cécile *puis* **Dagobert Lecomte.**

(1) CÉCILE seule.

Quelle boîte. Ce qu'on se rase à l'hôtel de Noblepanne ! Ah ! si seulement je pouvais toucher mes 14 mois de gages arrriérés... comme je me tirerais des pantoufles ! (Sonnette) Tiens, serait-ce le fameux comte... le rural à la forte sacoche ? (Elle va ouvrir la porte à droite.)

(2) DAGOBERT entrant à droite — riche paysan endimanché — pantalon trop court laissant voir des bas bleus — chapeau ridicule — sacoche en sautoir — valise à la main — pointe d'accent paysan).

Pardon, mamselle... c'est bien ici l'hôtel de Noblepanne ?

(1) CÉCILE à part.

C'est lui... quelle touche ! (Haut) Mais oui, donnez-vous donc la peine d'entrer... monsieur le comte...

DAGOBERT

Monsieur Lecomte !... Ah bah ! vous savez mon nom ?

CÉCILE, à part.

Sapristi ! j'ai la langue trop vive, moi ! (Haut) Mais oui, j'ai lu l'arrivée de M. le comte dans le *Figaro* : *Déplacements* et *Villégiatures*...

DAGOBERT, riant.

Eh bien... elle est raide celle-là !... Et votre *Figaro*... est-ce qu'il dit aussi ce que je viens faire à Paris ?

CÉCILE

Mais certainement, c'est pour la noce...

DAGOBERT, éclatant de rire et se tapant sur les jambes.

La noce !.. Ah ! Ah ! elle est rigolote celle-là... Et ce qu'il y a de plus drôle... c'est que c'est vrai !...P'pa m'a dit, « Dagobert mon fils...»

CÉCILE, ricanant.

Dagobert.

DAGOBERT, vexé.

Eh bien oui, Dagobert Lecomte .. et puis après ?

CÉCILE, riant.

Le comte Dagobert !... ah ! ah ! ah !... dites donc, il vous arrive quelquefois de la mettre à l'envers ?

DAGOBERT, interloqué.

Quoi donc ?

CÉCILE

Rien, rien... (voulant lui prendre sa valise) permettez-moi de vous dévaliser...

DAGOBERT, retenant sa valise.

Mais c'est que...

CÉCILE

Allons donc... nous ne sommes pas ici chez Robert Houdin ! (elle prend la valise qu'elle va poser sous le lit).

(1) DAGOBERT

Pour lors p'pa m'a dit « Dagobert, mon fils v'là une sacoche (tapant sur sa sacoche) bien rembourrée... va faire un tour à Paris... dégonfle-la-z-y ; et, au lieu d'une gourde... ramène-moi un homme !

(2) CÉCILE, riant.

Une gourde !... C'est épatant comme il a le mot à la chose votre papa !

DAGOBERT

Oui, c'est un bon zigue... Mais c'est pas tout ça, vous avez une chambre de libre ?

CÉCILE

Parfaitement... celle-ci, la plus belle de l'Hôtel.

DAGOBERT, regardant autour de lui.

Pas trop mal, la cambuse... seulement ça sent bougrement le moisi... ça a comme un goût de champignons...

CÉCILE, vexée.

Cambuse ! Champignons !

(1) DAGOBERT, se vautrant sur le canapé.

Mais ça n'y fait rien... du moment qu'il y a un canapé à ressorts... on peut s'entendre... La fille, vous pouvez mettre des draps au lit...

(2) CÉCILE

C'est fait (A part) Sale paysan, va !

DAGOBERT

Dites donc... il n'y a point trop de punaises ?

CÉCILE, suffoquée.

Oh ! M. le Comte !

DAGOBERT, se levant et montrant sa sacoche.

On peut y dormir tranquille, sans crainte des voleurs.

CÉCILE

M. le Comte veut rire... un des plus aristocratiques hôtels du faubourg Saint-Germain ?

DAGOBERT

Ça, c'est vrai... pour être une belle bâtisse c'en est une... Je flânais, le nez au vent, en quête d'un gîte... quand j'ai vu votre hôtel avec ces mots dorés sur le frontispice « Hôtel de Noblepanne » : V'là mon affaire, que je me dis... et si l'on ne m'écorche point trop...

CÉCILE, riant.

Décidément M. le Comte est tout à fait rigolo ! (A part) Le gros malin, il veut me donner le change !

DAGOBERT, riant.

Oh oui, je le suis... rigolo ! (Lui pinçant la taille) et puis, la petite, pour me faire plaisir, appelez-moi Dagobert.

CÉCILE, se dégageant.

Dagobert... tout court !

DAGOBERT

Oui, c'est plus gentil...

CÉCILE

Oh ! je n'oserais jamais !

DAGOBERT

Oh, là, là, êtes-vous cruche !... mais, à propos, vous êtes la fille de la maison !

CÉCILE

Oui... je suis la femme de chambre

DAGOBERT

Une femme de chambre, mazette !.. Alors, c'est vous qui faites le service ?

CÉCILE, faisant une révérence.

Je suis aux ordres de M. le co... de M. Dagobert !

DAGOBERT

A mes ordres, la bonne affaire !
Je vous prends comme chambrière !

CÉCILE, faisant une révérence.

Pour moi ce sera grand honneur,
Je f'rai tout pour plaire à Monsieur !

DAGOBERT, lui pinçant le menton.

Avec moi, ne vous fait's pas d'bile,
Le servic' sera bien facile.

CÉCILE

Chaq' matin, à votre réveil,
Comme un gai rayon de soleil,
Monsieur, vous me verrez paraître

DAGOBERT

Ah ! quell' vein' !

CÉCILE

Mon cher petit maître
J'apport'rai comme il vous plaira,
Thé, café ou bien chocolat.   *(bis)*.

DAGOBERT

Ensembl' nous ferons la dînette...

CÉCILE

Nous taill'rons un brin de causette.

DAGOBERT, la prenant par la taille.

Et puis, lorsque viendra la nuit,
Doucement, gentiment, sans bruit
Dans un bais'r jusqu'à l'aurore.
Je te dirai que je t'adore !

ENSEMBLE

DAGOBERT

Et puis, lorsque viendra la nuit,
Doucement, gentiment, sans bruit,
Dans un baiser jusqu'à l'aurore
Je te dirai que je t'adore?

CÉCILE

Et puis, lorsque viendra la nuit,
Doucement, gentiment, sans bruit
Quand vous me direz « je t'adore ! »
J'dirai tout bas : Encore, encore !

DAGOBERT

C'est ça... c'est toi qui me dégrossiras !

CÉCILE

Oh! oui... vous et votre sacoche !

DAGOBERT

Oui, c'est promis ! (Il l'embrasse avec frénésie).

CÉCILE, se dégageant et passant en I.

Oh! mais, finissez, finissez !.. Ce n'est pas encore la nuit... Et si la patronne entrait, j'aurais mon compte !

(2) DAGOBERT

Ça ne ferait pas le mien...

(1) CÉCILE, lui pinçant la joue.

Ni le mien non plus... mon cher petit comte !

SCÈNE IX

LES MÊMES, le Marquis.

(1) LE MARQUIS entrant, 2ᵉ porte à gauche, redingote, cravate blanche.

Là... me voilà prêt! (Voyant Dagobert). Vous désirez, Monsieur ?

(2) CÉCILE, (allant au marquis à mi-voix.

C'est le comte en question...

LE MARQUIS

Oh! sapristi ! (Allant à Dagobert.) M. le comte..

(3) DAGOBERT, à part.

M. Lecomte ! Comment, lui aussi me connaît ! (Haut.) Salut bourgeois... c'est vous qui êtes le patron de l'Hôtel ?

(2) LE MARQUIS, abasourdi, à part.

Oh! quel genre! (Haut.) Le maître de céans.. pour vous servir, monsieur.

DAGOBERT

Pour me servir ?.. Oh non, vous êtes trop vieux, j'aime mieux la fille de chambre.
(Il montre Cécile.)

LE MARQUIS, à part

Oh ! le goujat ! (Haut.) Je vous prie, M. le comte, de considérer cette demeure comme la vôtre .. trop heureux si votre installation peut vous agréer...

DAGOBERT

Heu ! comme ci comme ça... ça pue bougrement dans votre boîte !

LE MARQUIS, levant les yeux au ciel, à part.

Oh ! le pignouf !

DAGOBERT

Vous savez.. là .. ça ne vaut pas plus de trente sous par jour...

LE MARQUIS, désespéré, à part.

Oh ! le cuistre !

DAGOBERT

Sans compter qu'il y manque pas mal de choses dans votre cahute..

(1) CÉCILE

Et quoi donc ?

DAGOBERT

D'abord une table de nuit — parlant par respect.. quand on rentre le soir avec deux douzaines de boks...

(2) LE MARQUIS, à part.

Oh ! le pochard ! (Haut.) Je donnerai des ordres..

DAGOBERT

Vous ferez bien aussi de me faire monter une chandelle...

LE MARQUIS, à part.

Oh ! le rustre ! (Haut.) Cécile vous mettrez deux candelabres dans la chambre de M. le comte... (Il remonte et passe en 3.)

(2) DAGOBERT, allant au marquis et lui frappant sur l'épaule.

Eh mais, dites donc, le bourgeois.. vous n'avez pas l'air rigolo, vous !

(3) LE MARQUIS, très digne.

Permettez... permettez !

DAGOBERT

Oh ! ça se comprend.. quand on est decati comme vous...

LE MARQUIS, vexé.

Hein ?

DAGOBERT

A propos... à quelle heure boulotte-t-on ?

LE MARQUIS, à part.

O toi, sans tes 800,000 livres comme je t'enverrais boulotter aux Petites Marmittes ! (Haut.) Le dîner sera servi à sept heures à moins que...

DAGOBERT

Sept heures, ça me botte !., Pour mon souper. vous me ferez une bonne soupe aux choux.. un plat de tripes . une salade de pissenlits... le tout arrosé d'un bon litre de piccolo...

LE MARQUIS, à part.

Oh ! le goinfre !

(1) CÉCILE, à part.

C'est pas un comte... c'est un maçon !

DAGOBERT

Et maintenant j'vas faire un petit tour dans Paris, (tapant sur sa sacoche) histoire d'alléger la susdite.. car il faut bien se dégrossir un peu, m'a dit mon papa.

LE MARQUIS

M. votre père a bien raison.. vous en avez grand besoin, jeune homme !. Seulement, méfiez-vous, les rues de Paris sont pleines d'embûches.

DAGOBERT

Oh !... qu'elles soient pleines de bûches ou de cailloux... je m'en fous !... ça vaut mieux encore que du fumier comme chez nous ! Allons, sans adieu, l'ancien ! (lui tapant sur le ventre). On va rigoler un brin... mais on sera de retour pour la soupe... Et tâchez que ça soit réussi... car je veux en avoir pour ma bonne galette, vingt mille génisses !... Allons, à la revoyure ! (il sort à droite.)

SCÈNE X

Le Marquis, Cécile.

(2) LE MARQUIS, avec désespoir.

Oh ! là, là ! ma pauvre fille !... quel manant, quel paysan du Danube ! Que diraient les Noblepanne, mes ancêtres, d'une pareille alliance !

(1) CÉCILE

En effet, il est un peu rustique...

LE MARQUIS

Jamais ma fille n'en voudra !

CÉCILE

Allons donc... quand elle aura vu la sacoche !... Seulement, moi, à votre place, je ne
l'aurais pas laissé partir...

LE MARQUIS

Et pourquoi ?

CÉCILE

Vous ne l'avez donc pas entendu ?... Il est
sorti pour la dégonfler... et dame ! qui sait
s'il reviendra ?

LE MARQUIS

Vous croyez, Cécile ?... Eh bien alors don-
nez-moi vite ma canne, mon chapeau...

CÉCILE

Bien Monsieur... (Elle sort 2ᵉ porte à gauche.)

LE MARQUIS, seul.

Elle a raison, cette petite... Ce gaillard-là
serait capable de nous lâcher, et alors...

(1) CÉCILE, rentrant 2ᵉ porte à gauche avec la canne
et le chapeau.

Voilà Monsieur... dépêchez-vous !

LE MARQUIS, prenant la canne et le chapeau

Ne craignez rien... je le suivrai comme son
ombre !

CÉCILE

En ce cas je vous conseille de retrouver
vos jambes de vingt ans !

LE MARQUIS

Quand il le faut, Cécile, on a encore du
nerf ! (Il sort à droite en boitillant et s'appuyant sur
sa canne.).

CÉCILE, l'imitant.

Hum ! ce n'est pas ce que dit Aglaé !

SCÈNE XI

Cécile, la Marquise, Sabinette.

(2) LA MARQUISE, entrant 1ʳᵉ porte à gauche, suivie de
Sabinette en toilette claire.

Cécile, vous n'avez pas vu M. le Marquis ?

(3) CÉCILE

Si madame... Il vient de sortir à l'instant
même.

(1) SABINETTE

Où est-il allé ?

CÉCILE

A la chasse du futur de mademoiselle...

SABINETTE

De mon futur !

LA MARQUISE

Voyons, expliquez-vous...

CÉCILE

Je veux dire que le campagnard... le fiancé
à mademoiselle vient de débarquer. .

LA MARQUISE ET SABINETTE

Ah !

CÉCILE

Oui... et il est ressorti, pour faire une promenade hygiénique dans Paris... histoire de
dégonfler sa sacoche, comme il dit.

LA MARQUISE

Oh ! mon Dieu !

CÉCILE

Alors M. le marquis lui a emboîté le pas...
pour l'empêcher de devenir un futur passé...
au bleu (Allant à la fenêtre, 2ᵉ plan à droite et soule-
vant le rideau.) Tenez, le voyez-vous ?.. le voilà
qui tourne la rue du Bac...

LA MARQUISE, allant à la fenêtre.

Va-t-il vite !

SABINETTE, même jeu, riant.

Il court comme un chat maigre !

LA MARQUISE, redescendant.

Cécile... vite mon chapeau !

CÉCILE

Madame va sortir ?

LA MARQUISE

Oui, oui... dépêchez vous !

CÉCILE

Bien, Madame ! (Elle sort 1ʳᵉ porte à gauche.)

(1) SABINETTE, à la marquise.

Mamam, où vas-tu ?

(2) LA MARQUISE

Je vais tâcher de rattraper ton père.

SABINETTE

Pourquoi faire ?

LA MARQUISE

Pour l'empêcher de faire la fête avec ton futur !

SABINETTE

Eh bien, il est chouette.. mon générateur !

(2) CÉCILE, rentrant avec le chapeau de la marquise.

Voilà, madame.

(3) LA MARQUISE

C'est bien... donnez ! (Mettant fébrilement son chapeau.) Oh ! mon Dieu ! pourvu que je les rejoigne !

(1) SABINETTE

Tu sais... tu ne risques rien d'ouvrir le compas !

LA MARQUISE

Vite, je me sauve... à tout à l'heure, ma fille ! (Elle sort vivement à droite).

SABINETTE

Cécile, venez m'aider... vous essaierez de me resserrer d'un cran, je flotte dans mon corset ! (Elle sort 1ʳᵉ porte à gauche.)

CÉCILE

Bien, Mademoiselle, j'y vais ! (A part.) Décidément c'est un tic ! (Au public) Quelle famille !.. la course au gendre ! tas de purées, va !

SCÈNE XII

Cécile, Firmin, Sabinette.

(1) FIRMIN, rentrant 2ᵉ porte à gauche.

Tiens... il n'est plus là le vieux ?

(2) CÉCILE

Non... il est sorti pour refiler son comte.

FIRMIN

Le comte... Comment ! vous l'avez vu ?

CÉCILE

Parbleu ! même qu'il a une bouillotte pas ordinaire...

FIRMIN

C'est extraordinaire ! (A part.) Il est donc revenu ?

SABINETTE, passant la tête 1ʳᵉ porte à gauche.

Cécile ! Cécile !

CÉCILE

On y va ! (passant en I, à Firmin.) Et ce qu'il y a de plus rigolo, c'est que madame court après monsieur !

(2) FIRMIN, riant.

Un steeple-chase des familles !

(1) CÉCILE

Moi, ça m'est égal (Au public.) Ce soir, sur le coup de minuit, je le rattraperai bien sans courir... le coq blasonné ! (Elle sort 1ʳᵉ porte à gauche.)

SCÈNE XIII

Firmin *puis* Aglaé.

FIRMIN, seul.

Elle le rattrapera sans courir... le coq blasonné ?.. Mais c'est le comte !.. Oh ! tonnerre ! Je voudrais bien voir ça.. j'aurai bientôt fait de lui casser une aile ! (Sonnette.) Zut ! ça devient crevant ! (Il va ouvrir la porte à droite.)

(1) AGLAÉ, entrant en coup de vent, heurtant Firmin et passant à gauche.

Narcisse est là ?

(2) FIRMIN

Faites donc attention ! (A part.) Oh, là là !.. la volaille au singe ! (Haut.) Non.. il est sorti.

(1) AGLAÉ, s'installant sur le canapé.

Ah ! il est sorti... eh bien je l'attendrai...

(2) FIRMIN, allant à elle.

Mais, dites donc, vous allez vous faire piger par Madame.

AGLAÉ

C'est ça qui m'est équidistant !

FIRMIN.

Je vous en prie, mamselle Aglaé, ne faites pas ça...

AGLAÉ

Dites donc, vous, avez-vous vingt louis à me casquer.. et je me trotte !

FIRMIN, à part.

Vingt louis, vampire, va ! (Haut.) Ça ne serait pas de refus.. seulement il faudrait attendre que mon banquier soit revenu de Bruxelles...

AGLAÉ

Vous voyez bien qu'il faut que je reste !.. Sans ces vingt louis mon proprio m'expulse comme une princesse... (Sonnette.)

FIRMIN

Oh, là, là, une visite !. Vite, mamselle Aglaé, cachez-vous !

AGLAÉ, se levant.

Où ça ?

FIRMIN

Est-ce que je sais moi (la prenant par la main et la menant 1re porte à gauche.) Là... non, pas mèche, c'est la chambre à madame... (la menant 2e porte à gauche) tenez ici... dans le cabinet du vieux... allons, vite ! (Il la pousse.) Pour vous distraire, vous lui repasserez son rasoir qui est ébréché ! (Sonnette.) Ouf ! quelle journée, bon Dieu ! quelle journée ! (Il va ouvrir la porte à droite).

SCÈNE XIV

Firmin, Timoléon.

(2) TIMOLÉON, entrant à droite.

C'est remoi !

FIRMIN

Comment, déjà ! (il passe à droite, à part) pas d'erreur... il a un rendez-vous avec Cécile !... Ah, si c'est vrai, je le mets en compote !

(1) TIMOLÉON, le regardant.

Qu'est-ce que vous avez ?... vous êtes indisposé ?

(2) FIRMIN, roulant des yeux féroces.

Oui... très mal disposé...

TIMOLÉON

Faites-vous de la tisane ?

FIRMIN

Oui, une décoction de pains (à part) sur la gueule !

TIMOLÉON

Dites donc... j'ai laissé mon portefeuille dans ma valise... et à Paris...

FIRMIN

Sans galette on n'en bouffe pas large ! A part) Ah ! il veut faire la fête dans Paris... je respire !

TIMOLÉON

Et où l'avez-vous mise, ma valise ?

FIRMIN, montrant le lit.

Elle est là... sous la machine à ronfler... Mais, M. le comte rentre toujours pour dîner ?

TIMOLÉON

Certainement. . je ne serais pas fâché de voir...

FIRMIN, riant.

Sabinette à votre promise !

TIMOLÉON, riant.

Ah !... vous allez mieux !

FIRMIN

Oui... ça se dissipe ! Je vais donner un coup de prunelle à la cuisine... et, à sept heures toquantes, ne l'oubliez pas, le consommé sera sur la table. (Il sort porte à droite).

TIMOLÉON

Bien, Firmin ; on tâchera d'être exact... Maintenant, allons chercher des munitions. (Il va au lit, s'accroupit et cherche sa valise sous le lit).

SCÈNE XV

Timoléon, Aglaé.

(1) AGLAÉ, entrant 2e porte à gauche.

Je n'entends pas de bruit... c'était une fausse alerte (Voyant Timoléon accroupi). Tiens que fait sous le lit ce bipède à quatre pattes ?

(2) TIMOLÉON, se relevant sa valise à la main, voyant Aglaé

Oh ! mon Dieu ! (Il laisse tomber sa valise).

AGLAÉ, à part.

Oh ! le joli garçon ! (Haut) Monsieur vous désirez ?

TIMOLÉON, à part.

C'est elle, Sabinette ma future ! (Saluant) Le comte Timoléon de Vaurissolé...

AGLAÉ, le lorgnant à part.

Charmant !

TIMOLÉON, même jeu.

Ravissante !

(1) AGLAÉ, lui indiquant le canapé.

Donnez-vous donc la peine de vous asseoir.. (A part) Si j'esssayais de le taper de vingt louis ! (S'asseyant) M. le comte est sans doute venu à Paris pour se distraire ?

(2) TIMOLÉON, s'asseyant sur le canapé à côté d'elle.

En effet, mademoiselle, je n'y suis venu que pour cela ! (A part) Sapristi ! quelle gaffe ! (haut) mais maintenant...

AGLAÉ, gracieuse.

Mais maintenant ?

TIMOLÉON

Paris est pour moi sans attraits... depuis que j'ai eu le bonheur d'entrevoir...

AGLAÉ, minaudant.

D'entrevoir ? (à part) la biche !

TIMOLÉON, lui prenant les mains.

La merveille des merveilles de la Capitale !

AGLAÉ, à part.

Chic ! je vais le refaire de quarante louis ! Haut) Monsieur, je vous en prie...

TIMOLÉON

Mon père m'avait fait de vous un portrait...

AGLAÉ

Un portrait ? (A part) Est-ce que par hasard son père aurait autrefois tiré,.. ma photographie ?

TIMOLÉON, se levant très emballé.

Oui, mademoiselle, un portrait qui n'est qu'une grossière ébauche auprès de l'adorable réalité !

AGLAÉ, se levant et passant en 2 (à part.)

L'affaire est dans le sac !

(1) TIMOLÉON

Je venais dans la capitale
M'amuser et me retremper,
De plaisirs j'avais la fringale
J'rêvais noc's, festins et soupers ;
Au Moulin, aux Foli's-Bergères
J'voulais chahuter, cascader,
Maintenant, je l'dis sans mystères
J'en rougis et veux m'amender !

(2) AGLAÉ

De ce chang'ment quelle est la cause ?

TIMOLÉON

Vos yeux, vos beaux yeux enchanteurs
Vos lèvres si fraîches, si roses
Et tant d'appats si prometteurs ...

AGLAÉ

Oh ! les hommes,
Vils menteurs !
Faux bonshommes
Enjôleurs !
Tous les mêmes
Pour vouloir ;
On les aime,
Puis... bonsoir !

TIMOLÉON, la prenant par la taille.

O blasphème,
Vains propos !
Je vous aime
Comme un sot ;
Je t'adore
Comme un fou,
Je t'implore
A genoux ?
(Il tombe à ses genoux.)

AGLAÉ

Monsieur de Vaugratiné !

TIMOLÉON

Rissolé, mademoiselle, rissolé !

AGLAÉ

Monsieur de Vaurissolé, relevez-vous ! Si le Marquis... (bruit à la cantonade droite) Oh ! mon Dieu ! c'est lui ! nous voilà bien !

TIMOLÉON, se relevant.

Que craignez-vous ?... Je vais incontinent lui déclarer ma flamme !

(1) AGLAÉ

Oh ! ne faites pas ça ! (A part) Ça serait du propre! (Allant 2ᵉ porte à gauche) Tenez, venez là.. nous causerons ! (Se retournant sur le seuil) Venez venez, Monsieur de Vaubraisé ! (Avec un grand geste) Qui m'aime me suive ! (Elle sort).

(2) TIMOLÉON

Je vous suis, mademoiselle. je vous suis ! (Il se précipite 2ᵉ porte à gauche).

SCÈNE XVI

Dagobert *puis* Sabinette.

DAGOBERT, entrant à droite.

Eh bien, elle est raide, celle-là ! (Il se laisse tomber sur le canapé.) En sortant d'ici je grimpe dans une carriole et je dis au cocher de me mener dans un endroit oùs qu'on rigole un peu... V'là-t-il pas c't'imbécile qui me débarque dans une grande halle oùs qu'il y avait tout plein de gens qui s'attrapaient et se disputaient à poings fermés !... paraît que c'était le Corps Léglifatif !... « Ah ben non, que je dis au cocher, autre chose !.. j'veux voir moi, des petites et puis des grosses femmes avec de la musique, du patchouli, du chahut » ... Mais paraît que ces choses-là, ça ne se voit que le soir.. (Se levant.) Alors, je me suis fait remiser ici... et, en attendant, je vas appeler la fille de chambre.. pour tâcher de voir s'il n'y aurait pas moyen.. de faire avancer un peu la nuit !

SABINETTE, entrant 1re porte à gauche.

Comment, pas encore rentrés ! (Voyant Dagobert, à part.) Tiens, le comte, l'homme à la sacoche ! (Elle passe à droite.)

(1) DAGOBERT, se retournant à part.

Oh ! la chouette femme ! (Saluant) Salut, mamselle !

(2) SABINETTE, à part.

A-t-il l'air jobard ! (Révérence). Monsieur !

DAGOBERT, s'avançant.

Vous désirez, mamselle ?

SABINETTE

Rien.. je venais voir... je vous demande pardon de vous avoir dérangé..

DAGOBERT, gracieux.

Oh ! une belle jeunesse comme vous ne me dérangera jamais, (lui faisant de l'œil bêtement.) ça, c'est une façon de parler, car, bien entendu, si vous voulez... moi je ne demande pas mieux, eh ! eh ! eh !

SABINETTE, à part.

Mais il est idiot !.. ma foi, amusons-nous ! (Haut.) On est galant, dans votre pays... M. le comte..

DAGOBERT, à part.

M. Lecomte.. elle aussi., c'est espatrouillant ! (Haut.) Dame ! on fait ce qu'on peut !

SABINETTE

Ce que vous avez dû en faire de victimes dans votre village !

DAGOBERT, très fort.

Oh ! ne m'en parlez pas !

SABINETTE

Un vrai coq, quoi !

DAGOBERT, se rengorgeant.

Eh ! eh ! on n'est pas un poulet !

SABINETTE, à part.

Non.. il est tordant ! (Haut, lui lançant une œillade) Oh oui ! (Soupir.) Je comprends ça !

DAGOBERT, très flatté.

Ah ! vous comprenez ! (A part.) Pas d'erreur, c'est une cocotte qui loge dans l'hôtel... ah ! si j'avais su, j'aurais fait l'économie de la voiture !

SABINETTE, le regardant tendrement.

Ah, oui !. Ce que vous avez dû en fricasser de ces pauvres poulettes !

DAGOBERT, allant tout contre elle.

Sans doute.. mais j'vas vous dire, les poules c'est guère mon affaire.. Je préfère les cocottes, moi..

SABINETTE

Les cocottes ! (A part) Eh bien il promet, mon fiancé !

DAGOBERT, de plus en plus gracieux.

Mais oui, les petites cocottes qui ont de grands yeux comme vous... et puis une taille menue comme vous (il lui pince la taille). Oh, la là ! eh ! eh !

(2) SABINETTE, reculant.

Mais, dites donc !

(1) DAGOBERT, se rapprochant.

Avec des lèvres comme des framboises !... oh !... qu'on a des envies de déguster (il la prend par la taille et cherche à l'embrasser).

(1) SABINETTE, se dégageant et passant en 1.

A bas les pattes... en voilà un don Juan !

(2) DAGOBERT, se rapprochant.

C'est pas vrai... je m'appelle Dagobert ! (Se rapprochant encore et lui prenant les mains) Oh les jolies menottes ! (les embrassant) qui sentent le bon patchouli !

(2) SABINETTE, dégageant ses mains.

Oh ! mais finissez ! finissez ! (A part) Tout à l'heure il va prendre une hypothèque sur ma dot ! (Elle recule et se sauve à l'avant-scène droite en lui donnant des tapes sur les mains). Finissez, Monsieur, finissez, je vous dis !

(1) DAGOBERT, la suivant.

Mais j'n'ai pas commencé !

(1) SABINETTE, *passant à gauche.*

Oh ! laissez-moi, de grâce !

(2) DAGOBERT, *la suivant.*

Pour vous je m'sens pincé,
Faut que je vous embrasse !

(2) SABINETTE, *courant à l'avant-scène droite.*

Finissez, finissez, finissez,
Finissez, finissez !

DAGOBERT, *la rattrapant par la taille.*

En vain tu me repousses ;
J'veux couvrir de baisers
Ta si jolie frimousse. (Il l'embrasse).

(2) SABINETTE, *se débattant.*

Tiens, vilain paysan,
Sur ta sale trompette
Encaiss' ce soufflet... V'lan ! (Elle le soufflette).

(1) DAGOBERT, *se tenant la joue.*

Oh ! saperlipopette !

(1) SABINETTE, *se trouvant au fond.*

A moi ! au secours ! au secours !

(2) DAGOBERT, *courant après elle.*

Gredine ! tu me le paieras !

SABINETTE, *courant à la 1re porte à gauche.*

Rustre ! manant ! (Elle se précipite et lui ferme la porte au nez).

DAGOBERT

Sale grue !... Je te repincerai ! (Il demeure médusé devant la porte).

SCÈNE XVII

Dagobert, la Marquise.

(2) LA MARQUISE, *entrant à droite.*

Ce Narcisse... quel cerf ! J'ai perdu sa trace rue de Rivoli... (voyant Dagobert) Tiens ! le fiancé... Il est rentré !... Qu'est-ce qu'il fait debout contre la porte de la chambre de ma fille ? (Allant à lui) Monsieur... (très fort) Monsieur !

(1) DAGOBERT, *surpris, se retournant.*

Hein ? Quoi ! (A part) Encore une femme !... oh, mais c'est un hôtel rudement bien famé ! (Haut) Bien le bonjour, Madame.

LA MARQUISE

Veuillez m'excuser, Monsieur le Comte...

DAGOBERT, à part,

Encore !... Ah ça mais tout le monde me connaît à Paris ! (Haut) Oh ! il n'y a point de mal, madame...

LA MARQUISE

J'aurais voulu me trouver là pour vous recevoir...

DAGOBERT, à part.

C'est la patronne de l'hôtel ! (Haut) Oh ! ne vous faites point de bile.. il y avait là la fille..

LA MARQUISE

Ah ! vous avez vu ma fille ?

DAGOBERT

Non pas... la fille de chambre.

LA MARQUISE

Cécile ?

DAGOBERT

J'sais pas moi... j'lui ai point demandé son petit nom de baptême.

LA MARQUISE

Eh bien. si vous le permettez, je vais vous présenter Sabinette...

DAGOBERT

Qué binette ?

LA MARQUISE, à part.

Oh ! le paysan ! (Haut) Mais... ma fille...

DAGOBERT

Faut point la déranger exprès... n'y a point de presse... j'aurai toujours bien le temps de la voir, vous savez !

LA MARQUISE, à part.

Oh ! le pignouf !... sans ses 800.000 livres ! (Haut.) Croyez, Monsieur, que ce sera pour elle un plaisir...

DAGOBERT, ricanant.

Si c'est comme ça... je veux bien, moi... et puis, du reste, si elle ressemble à sa maman...

LA MARQUISE, se rengorgeant.

On le dit !... Il paraît qu'à dix-huit ans j'avais sa finesse et sa fraîcheur...

DAGOBERT, la regardant sous le nez.

Eh ben là, vrai !.. vous savez, la maman.. depuis le temps ce qu'il a dû s'en enfiler dans le grand collecteur ! eh ! eh ! eh ! (Il lui tape sur le ventre).

(1) LA MARQUISE, furieuse à part.

Oh ! le goujat ! (Elle passe a gauche) (Haut très pincée) Dans quelques instants, M. le Comte, je vous amènerai Sabinette. (Elle sort majestueusement 1re porte à gauche).

DAGOBERT

Oh ! la vieille bécasse !... mais, cré vingt bon sorts ! Elle va dans la chambre à la cocotte !... l'autre va tout lui narrer... et la vieille me fichera dehors !... ma foi, cachonsnous là... derrière le lit (Il va se cacher derrière les rideaux à gauche du lit). Et laissons passer l'averse !

SCÈNE XVIII

Dagobert *derrière les rideaux du lit*, **Timoléon, Cécile,** *puis* **Firmin.**

TIMOLÉON, entrant 2e porte à gauche en s'épongeant.

Ouf ! quelle aventure !... J'en ai le frisson dans la racine de la moelle épinière ! (Descendant) Cette charmante personne que je prenais pour ma fiancée... eh bien, c'était la cocotte à mon beau-père ! C'est vraiment dommage, car on ne s'embête pas avec elle !... Moyennant quarante louis elle m'a promis le silence... Personne ne m'a vu... Il s'agit maintenant de filer à l'anglaise (allant prendre sa valise à terre près du lit) et de revenir ce soir à sept heures .. comme si je descendais du train ! (Il va vers la porte à droite)

CÉCILE, entrant 1e porte à gauche et le voyant.

Oh ! un homme qui emporte la valise du comte !... Eh là bas !

(2) TIMOLÉON

Pincé ! (Il laisse tomber la valise.) Elle va tout faire rater !

CÉCILE

Au voleur ! au voleur ! (Elle se sauve à droite).

(1) TIMOLÉON, courant après elle.

Voulez-vous vous taire, petite malheureuse !

DAGOBERT, passant la tête hors des rideaux.

Bon Dieu ! qu'est-ce qu'il va lui faire ?

(2) CÉCILE

Laissez-moi ! laissez-moi !

TIMOLÉON, lui mettant la main sur la bouche.

Vous tairez-vous !... vous tairez-vous ?

FIRMIN, entrant porte à droite.

Cécile avec le comte !... Oh les gueux. (Courant sur eux) misérables ! (donnant un soufflet à Cécile) gredine !... créature infâme !

(1) CÉCILE

Mais Firmin... oh mon Dieu ! (elle va s'étendre sur le canapé en pleurant).

(3) FIRMIN, montrant le poing à Timoléon.

Quant à vous... sale lovelace !

(2) TIMOLÉON

Voyons, Firmin, voyons...

FIRMIN, l'empoignant à bras le corps.

Ah ! tu voulais me chiper Cécile !... Scélérat !... J'aurai ta peau !

(4) TIMOLÉON, résistant.

Mais il est enragé ! (Il luttent. Firmin fait tourner Timoléon et le fait passer en 4).

(2) DAGOBERT

Il va l'escrabouiller ! (se précipitant) arrêtez ! arrêtez ! (Il empoigne Firmin par derrière et lui tient les bras.

(3) FIRMIN, lâchant Timoléon.

Ah ! veux-tu me lâcher !

(2) DAGOBERT, maintenant Firmin, à Timoléon.

Vite, ouvrez la fenêtre !

(4) TIMOLÉON

Pourquoi faire ?

DAGOBERT

Pour le flanquer dans la rue !

FIRMIN, se débattant.

Canailles ! assassins !

TIMOLÉON

C'est une bonne idée ! (Il ouvre la fenêtre à droite) d'autant plus qu'il tombera sur un tas d'ordures !

(1) CÉCILE, se précipitant.

Ne faites pas ça ! ne faites pas ça ! (elle prend Dagobert par derrière.)

(2) DAGOBERT, à Timoléon.

Empoignez-le par les pieds...

(3) FIRMIN, allongeant des coups de pieds.

Brigands ! gredins !

(4) TIMOLÉON, prenant Firmin par les pieds.

Houp là ! (à Dagobert) vous y êtes ?

(2) DAGOBERT, enlevant Firmin par les épaules.

Oui... enlevez ! (Ils s'avancent, Timoléon et lui, vers la fenêtre.)

(1) CÉCILE, toujours accrochée à Dagobert.

Finissez ! finissez !

(3) FIRMIN, se débattant.

Tas de mufles !

TIMOLÉON

Attention... au commandement de trois... dans la rue !... vous y êtes... une...deux...

DAGOBERT et TIMOLÉON, balançant Firmin.

Une, deux..., une, deux...

CÉCILE

Au secours !

FIRMIN

A moi ! à l'assassin !

SCÈNE XIX

Les Mêmes, le Marquis.

(5) LE MARQUIS, entrant précipitamment à droite.

Eh bien... que se passe-t-il ? (Se précipitant sur le groupe la canne levée) Malheureux...que faites-vous ?

(4) TIMOLÉON

Le marquis !

(2) DAGOBERT

Le maître d'hôtel !
(Ils laissent tomber lourdement Firmin à terre).

LE MARQUIS, à Firmin.

Comment, c'est vous... Firmin !

(3) FIRMIN, se relevant penaud.

Mais oui... M. le marquis ! (il passe en 2).

LE MARQUIS, passant en 3.

Enchanté de vous avoir sauvé la vie, mon garçon, (d'un geste montrant la porte à droite) maintenant... je vous fiche à la porte !

FIRMIN, suffoqué.

Vous me chassez !... un homme qui vous a repêché dans la M...

LE MARQUIS, vivement.

Moi, je vous ai repêché dans la fenêtre... nous sommes quittes... je vous donne vos huit jours...

FIRMIN

Mes huit jours... Ah alors je suis bien tranquille... d'ici là je trouverai bien encore le moyen de la sauver à M. le marquis !

SCENE XX

Les Mêmes, la Marquise et Sabinette.

(3) LA MARQUISE, entrant 1re porte à gauche suivie de Sabinette.

Qui fait donc tout ce tapage ?

(2) SABINETTE

En voilà un chabanais !

(4) LE MARQUIS, allant à la marquise.

Chère amie, ce sont ces messieurs...

LA MARQUISE

Ah ! (faisant un pas vers Dagobert) M. le comte...

DAGOBERT, reculant.

Aïe ! aïe !... ça y est !

TIMOLÉON, s'avançant et saluant.

Madame la marquise...

LA MARQUISE

Pardon, Monsieur, (montrant Dagobert) c'est à Monsieur que je voulais présenter ma fille...

(4) TIMOLÉON

Mademoiselle Sabinette ?

(5) LE MARQUIS, allant à lui.

De quel droit, Monsieur, vous permettez-vous d'appeler notre fille par son petit nom ?

TIMOLÉON

Dame !... je croyais, M. le marquis... je suis le vicomte Timoléon de Vaurissolé...

(2) SABINETTE, le regardant à part.

Tant mieux ! Il est un peu mieux chiqué que l'autre !

LA MARQUISE

Vous le comte ! (montrant Dagobert) eh bien... et l'autre ?

LE MARQUIS, se tournant vers Dagobert.

Mais oui... qu'est-ce que vous êtes, vous ?

(7) DAGOBERT

Moi... je m'appelle Dagobert Lecomte... et p'pa m'a envoyé à Paris pour...

(1) CÉCILE

Faire la noce !

TOUS

Oh !

SCÈNE XXI

LES MÊMES, **Aglaé**.

(5) AGLAÉ, entrant 2ᵉ porte à gauche.

Maintenant que j'ai mes quarante louis... eh ! du monde ! (elle avance de plusieurs pas et demeure immmobile).

LA MARQUISE, au marquis.

Narcisse, que faisait cette dame dans votre cabinet ?

(6) LE MARQUIS à part.

Oh, là, là ! (Haut.) J'sais pas moi... connais pas !

FIRMIN, passant en 6.

C'est une cocotte ramenée par le paysan.

LE MARQUIS, passant en 7 et bousculant Dagobert.

Espèce de drôle... de quel droit introduisez-vous chez moi... de semblables grenouilles !

TOUS

Oh ! l'horreur !

AGLAÉ, à mi-voix.

Mon gros... tu me paieras ça !

(3) LA MARQUISE, à Aglaé.

Sortez, madame... et emmenez votre paysan !

(8) TIMOLÉON, faisant des signes.

Eh, par ici... madame la grenouille ! (Aglaé va le retrouver).

(6) FIRMIN, poussant le marquis du coude.

Eh bien, patron, ça n'a pas chômé, le petit repêchage ?

LE MARQUIS, à mi-voix.

Tais-toi, animal... je double tes gages !

TIMOLÉON, allant à Sabinette.

Mademoiselle, si vos parents le permettent je m'invite à dîner...

CÉCILE

Il y aura de la tête de veau !

TIMOLÉON, prenant la main de Sabinette.

On la mangera sauc'paysanne,
Et, pour assaisonner le festin,
L'on s'aimera d'un amour sans fin
Dans ce cher hôtel de Noblepanne !

TOUS EN CHŒUR

On la mangera sauc'paysanne....

Rideau.

Vannes. — Imprimerie Lafolye. — 6618-97.

AUTEURS	TITRES DES ŒUVRES	Hommes	Femmes	Prix nets
Chaudoir..	Fête à Claudine (La)....	1	1	4 »
Duhem..	Fête à M. le Maire (La)..	3	2	4 »
Planquette	Fiancé de Margot (Le) T..	1	1	6 »
.velot..	Fiancés berrichons (Les)	1	3	3 »
oulié..	Fiancés du bonnet de coton(Les)	1	1	5 »
Vasseur..	Fichue idée T......	2	1	5 »
ouville..	Fièvre phylloxérique (La)..	3	4	4 »
erthe..	Fille du charpentier (La)..	3	1	5 »
ebreton-Moreau	Fille du marin (La) T...	8	7	loc.
id.	Fils à Papa (Le) T....	troupe	»	loc.
aulieu et Bataille	Fils de M. Alphonse (Le) (vaud.)T	troupe	»	loc.
uroc-Mailfait.	Five O'Clock de la Baronne.	7	2	loc
illebichot..	Fleuriste et typographe...	1	1	5 »
vers..	Françoise les bas bleus T..	troupe	»	loc.
ebreton-Moreau	Frère de lait (Le).....	1	2	4 »
id.	Friquet (Le) T......	9	7	loc.
eutat.	Furet (Le).......	»	1	4 »
oreau-Touzé	Gai que mariez-vous !...	4	3	loc.
vers..	Gavroche et Loup de mer...	1	1	loc.
etort..	Grand papa de la chanson (Le)T	1	1	3 »
.-Brisac.	Guerre aux hommes (La) T..	6	7	loc.
illebichot..	Héritière de Carapattas (L')T	8	8	loc.
oniot..	Hirondelles de la rue (Les)	»	2	3 »
argeot..	Jacotte.......	2	2	5 »
ichiels..	Jeanne, Jeannette et Jeanneton T	2	3	8 »
Perronnet.	Jefque et Trinne....	1	1	4 »
	Je reviens de Compiègne...	»	1	4 »
ernicat..	Jeunesse de Béranger (La). T	3	1	6 »
ebreton-Moreau	Jocrisses du mariage (Les).	troupe	»	loc.
Collin..	Journée aux soufflets (La)..	1	1	4 »
erpin..	Ki-Ki-Ri-Ki T.....	troupe	»	loc.
esormes..	Leçon de musique (La)...	»	1	4 »
Clérice.	Léda T........	troupe	»	loc.
azaneuve.	Loi du pal (La) T....	troupe	»	5 »
oreau-Gramet.	Ma Colonelle.....	2	2	5 »
e Ste-Croix.	Madame de Rabucor T...	2	1	4 »
airville fils.	Madame la baronne T...	1	1	4 »
Vachs..	Madame le docteur....	2	1	4 »
Roger..	Mademoiselle Louloute...	2	2	5 »
essière-Marinier.	Maire et Martyr T....	3	2	loc.
alexy..	Maître Grelot.....	3	2	7 »
e Lajarte.	Mam'zelle Pénélope T...	3	1	7 »
ouhaud..	Mariages riches.....	1	1	3 »
oniot..	Marianne et Jeannot T...	1	1	8 »
ollet..	Marié sans l'être....	4	»	3 »
miot..	Mariés de Nanterre (Les)..	1	2	4 »
aulieu et Bataille	Marie, tu dors encore..	troupe	»	loc.
resset-Bernard	Méfiez-vous d'Oscar T..	2	2	loc.
André	Melon (Le) (monologue saynète)	1	»	2 »
esormes..	Menu de Georgette (Le)..	3	2	8 »
Gabet.	Mérite des femmes (Le) (v.) T.	troupe	»	loc.
ebreton-Moreau	Miss Kissmy T....	5	5	loc.
essier-Moreau	Môme aux Camélias (La) T..	troupe	»	loc.
breton-Moreau	Monsieur Auguste T...	1	1	3 »
breton-Moreau	Monsieur Sans Gêne T...	troupe	»	loc.
oly..	Myope et presbyte T...	1	»	4 »
esormes..	Nègre de la Porte St-Denis (Le)	3	3	» »
Lhuillier.	Nez enchanté (Le)...	1	3	» »
erpin..	Noce à Grospoulot (La)..	5	7	loc.
Barbier.	Noce à Suzon (La)...	1	1	4 »
Collin.	Noces d'or (Les)....	2	1	5 »
oreau-Gramet.	Nos petites Chattes...	3	5	loc.
ebreton-Moreau.	Nos voisins.....	6	6	loc.
Roger...	Nourrice de Montfermeil (La)	2	3	6 »
h. Gabet.	Nouvel Achille (Le) (vaud.) T	3	4	6 »
ouzé Prud'homme	Nuit de Noces de Beaufianchet	6	4	loc.
arofi's.	Nuit du 15 octobre (La) T..	3	1	6 »
dé fils.	Oncle et Neveu....	3	»	3 »
ufi's..	Paille et la Poutre (La)...	»	2	6 »
illemont.	Pantalon de Casimir (Le)..	1	1	6 »
Petit..	Par autorité de Justice T..	5	3	loc.
Barbier.	Par la fenêtre....	1	1	4 »
Walter.	Par la Gymnastique T...	2	1	loc.
d. Lhuillier.	Pasqualine T....	1	1	3 »
Collin.	Petit Saphi (Le)...	3	3	4 »
ebreton-Moreau.	Petite baronne (La) T....	troupe	»	loc.
inas..	P'tite bête vit encore (La) T	1	6	4 »
ebreton-Moreau.	Petite colonelle (La) T...	8	»	loc.
id.	Petites Menichons (Les) T..	troupe	»	loc.
Petit..	Petits lapins (Les) T...	troupe	»	loc.
Clérice.	Phrynette T....	troupe	»	loc.
Barbier.	Points jaunes (Les) T...	1	1	5 »
Barbier.	Poupée automate (La)...	1	1	4 »
Barbier.	Premières armes de Parny (Les)	1	1	5 »
oreau..	Professeur de chant....	1	1	3 »
e Ste-Croix.	Pygmalion T......	1	2	6 »
arnier-Héros.	Queue du Diable (La) T...	troupe	»	loc.
Collin..	Qui se dispute s'adore...	1	1	4 »
h Lecocq	Rajah de Mysore (Le) T...	troupe	»	loc.

AUTEURS	TITRES DES ŒUVRES	hommes	Femmes	Prix nets
Villebichot..	Réponse du Berger (La)..	1	»	8 »
Jacoutot..	Retour de Kerdrec (Le)..	troupe	»	loc.
Meugé..	Retour de Margotte (Le)..	1	»	4 »
Roques..	Retour de Mars (Le)....	1	2	4 »
L. Collin..	Retour de Musette (Le)..	1	»	4 »
Ch. Thony..	Robes et Manteaux T..	5	4	loc.
F. Chaudoir..	Roi Claquette (Le) T....	3	3	5 »
Desormes..	Roland furieux....	3	1	6 »
L. Desormes..	Romance impossible (La)..	2	»	2 »
W. Busnach..	Rosière de Valentino (La). T	3	2	loc
Michiels..	Rosière d'Interlaken (La)..	1	1	4 »
h. Gabet..	Ruy Black (vaudeville) T..	»	»	loc.
Ch. Hubans..	Sabines (Les)....	troupe	»	loc.
Claments..	Saint-Yvon (La) T....	1	1	5 »
Ch. Lecocq..	Sauvons la caisse T....	1	1	6 »
R. Planquette	Serment de Mme Grégoire(Le).	1	1	8 »
Lebreton-Moreau	Signe de Léda (Le) T....	troupe	»	loc.
Ouvier..	Simone et Boquillon..	2	1	5 »
Lebreton-Duroc.	Soir de Noce T.....	4	4	loc.
Duroc { Bu fière, Maillait }	Soirée bourgeoise....	2	2	loc.
Leserre..	Soirée d'amateurs....	pochade	»	1 »
Bernard { Gresset, Otter }	Souffleur par amour T...	3	»	loc.
Claments..	Souhaits ridicules (Les) T..	2	1	5 »
Meyan..	Soupirs du cœur....	2	3	4 »
h. Malo.	Souviens-toi de Clémentine.	2	1	4 »
Moreau-Darsay	Spiritisme des Familles...	4	4	loc.
ac-Coen.	Suzette, Suzanne et Suzon	1	3	4 »
Wachs..	Tata chez Toto....	2	1	4 »
Chassaigne..	Toc.....	2	2	5 »
Bléry..	Tonton T.....	3	3	loc.
Wachs..	Totor et Titine....	1	1	4 »
Hubans..	Tour de Moulinet (Le) T..	2	1	8 »
Cartier..	Train des Maris (Le)....	2	1	4 »
Ch. Gabet..	Trésor des Dames (vaudev.) T	troupe	»	loc.
Lebreton-Moreau	Treize jours d'un Parisien(Les)T	troupe	»	loc.
id.	Treizième spahis (Le) T..	troupe	»	loc.
id.	Trio de troupiers T....	troupe	»	loc.
	Trois Maçon (Les) T....	4	2	loc.
L. David..	Tu l'as voulu T....	1	1	5 »
Javelot..	Un amant d'épicier....	2	1	4 »
P. Henrion..	Un charcutier dans les fers	1	1	4 »
Chassaigne..	Un Coq en jupons....	1	1	4 »
Banès..	Un do malade....	1	1	5 »
G. Laurens..	Un futur sur le gril....	2	1	4 »
h. Malo.	Un gendre à poigne....	2	2	5 »
Pericaud..	Un herbe qui ne veut pas se rouiller	2	1	4 »
Cambillard..	Un mariage à la force du poignet	1	1	3 »
h. Malo.	Un mariage au flageo et..	1	1	4 »
Dauphin..	Un mariage en Chine T..	4	1	6 »
Bernicat..	Un mari à l'essai....	1	1	4 »
Pericaud..	Un mari en grande vitesse	3	1	4 »
L. Collin..	Un mauvais cons rit....	2	»	5 »
F. Barbier..	Un souper chez Mlle Contat..	»	2	5 »
Bernicat..	Une aventure de clairon..	1	1	6 »
G. André..	Une drôle de Marquise..	2	1	3 »
Claments..	Une étoile d'antichambre T..	2	1	5 »
Jouhaud..	Une femme du quart du monde	2	1	4 »
Villebichot..	Une femme qui bégaie T	3	2	6 »
L. Roques..	Une femme tombée du Ciel	1	1	5 »
	ne fille à trucs....	3	1	4 »
Villebichot..	Une fille en loterie....	2	1	4 »
Liouville..	Une lune de miel normande	1	1	4 »
Desormes..	Une mariée sans mari...	1	1	4 »
Collin.	Une marine à vapeur....	1	1	3 »
Ed. Lhuillier.	Une mauvaise connaissance	3	4	5 »
Desormes.	Une mauvaise nuit....	2	2	loc.
Moreau-Darsay	Une nourice sur lieu (vaud.)T	2	4	loc.
Ch. Gabet.	Une partie à Robinson..	2	1	4 »
Duhem.	Une pleine eau à Chatou..	2	1	4 »
Wachs.	Une poule mouillée....	1	1	4 »
Bernicat.	Une table de café....	3	»	4 »
R Planquette	Valet de cœur....	1	1	4 »
J. Walter.	Végétariens (La) T...	troupe	»	10 »
Robillard.	Vengeance (La) de Ramoli.	2	1	10 »
L. Roques.	Vénus infidèle (Retour de mars) T.	1	2	1 »
Moreau-Boucherat	Vert galant....	6	8	loc.
Lebreton-Moreau	Vierges du chahut (Les) T..	troupe	»	loc.
Burani-Planquette.	Vingt-huit jours de Champignolette T	6	4	loc.
Lebreton-Moreau	Vocation d'Isoline (La)..	2	4	5 »
Jacobi..	Voilà l'plaisir, mesdames..	1	1	4 »
h. Hubans..	Voiture à vendre....	2	»	4 »
Divers..	Volontaire de 92 (Le) T..	troupe	»	loc.
ac-Coen.	Volontaire et vivandière..	1	1	loc.
Herpin..	Voyage de noce (Le)...	4	1	loc.

Livrets d'opéras et opéras-comiques, net : **2** fr. — Livrets d'opérettes, net : 1 franc.
Pour la location de l'orchestre ou l'abonnement, s'adresser a l'Éditeur

POUR LES OUVRAGES DU RÉPERTOIRE

CONSULTER LE CATALOGUE SPÉCIAL

DES

OUVRAGES DE THÉATRE

QUI EST ENVOYÉ **FRANCO** SUR DEMANDE

POUR LA PARTITION OU LES PARTIES D'ORCHESTRE

MM. les Directeurs sont priés de s'adresser à l'Éditeur